El ámbar:
La trampa de oro

por Dona R. McDuff
ilustrado por Neecy Twinem

Scott Foresman

Oficinas editoriales: Glenview, Illinois • New York, New York
Ventas: Reading, Massachusetts • Duluth, Georgia
Glenview, Illinois • Carrollton, Texas • Menlo Park, California

¿Has oído hablar del ámbar?
El ámbar nos muestra cosas que
vivieron hace miles de años.

Hoy en día, muchas personas usan el ámbar como joyas y adornos.

Pero los científicos usan el ámbar para saber cómo era la vida hace miles de años.

Estudian huesos antiguos. Estudian huellas. Estudian impresiones de hojas.

Y también estudian el ámbar. El ámbar es, o era, savia que se desprende de los árboles.

Primero se desprende una gota de savia de un árbol. La savia es pegajosa. Una hormiga trepa por el árbol. ¿Qué crees que sucede después?

La hormiga queda atrapada en la savia. Luego, la savia se endurece. Después de miles o millones de años, la savia se convierte en ámbar. ¡Y la hormiga queda atrapada dentro!

Hace miles de años, la Tierra era húmeda y cálida. La savia pegajosa salía de muchos árboles. El ámbar empezó a formarse.

La Tierra se enfrió. Muchos árboles cayeron y murieron. Los océanos los cubrieron. Las grandes olas rompieron el ámbar en trozos.

Algunos trozos son pequeños. Otros son grandes. ¡El más grande jamás hallado era del tamaño de una tina!

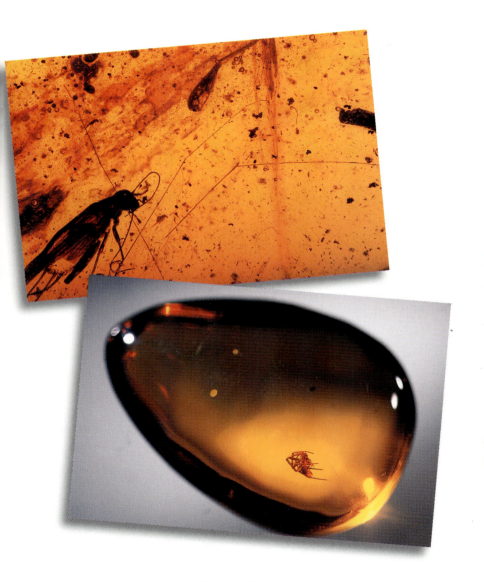

Algunos trozos de ámbar tienen burbujas de aire adentro. Eso los hace opacos. Otros son claros como el cristal.

A los científicos les gusta estudiar trozos de ámbar con plantas, animales o insectos adentro.

Pueden estudiar semillas u hojas. Quizás una abeja o una polilla. Pueden incluso ver una arañita.

Los científicos estudian las pistas que el pasado les da. El ámbar es una trampa de oro que ha guardado muchos datos sobre la vida en la Tierra hace miles de años.